Aufgeben zählt nicht!

AF286533

Bertolt Bittersüß

Aufgeben zählt nicht!

Roman

Bibliografische Information der Deutschen Nationalbibliothek
Die Deutsche Nationalbibliothek verzeichnet diese
Publikation in der Deutschen Nationalbibliografie; detaillierte
bibliografische Daten sind im Internet über
http://dnb.d-nb.de abrufbar.

Alle Rechte liegen beim Autor
© 2010 Bertolt Bittersüß
Illustrator für Buchcover:
Klaus Bräunlinger, Schwieberdingen
Satz, Umschlagdesign, Herstellung und Verlag:
Books on Demand GmbH, Norderstedt
ISBN: 978-3-8391-9548-2

Inhalt

»Ich habe Asse im Ärmel,
und die Welt spielt Schach«

Anonymus

»So manches Wort ist ein Oxymoron,
manchmal auch das Leben,
doch sollten wir danach streben,
den angenehmen Teil zu erleben.«

Anonymus

Oliver und Verena. Beide jung.
Zu einem gewissen Zeitpunkt ihres Lebens.

OLIVER begegnet VERENA

Oliver steht an der Ampel. Sie schaltet von Gelb auf Rot. Die Autos halten an und geben Oliver die Chance, die Straße zu überqueren. Er realisiert, dass er noch lebt.

Irgendein Manager in Zeitnot, der schon längst irgendwo anders hätte sein sollen, hat als Erster an der Ampel angehalten und somit Olivers Existenz bestätigt.

Oliver überquert die Straße. Als er auf der anderen Straßenseite ankommt, ist er plötzlich wieder allein mit seinem Gefühl, wenig darzustellen. Die Menschen beachten ihn nicht. Oliver trägt alte Klamotten, weil er sich keine neuen leisten kann.

Um elf Uhr vormittags ist es sehr verdächtig, diesen Kleidungsstil zur Schau zu tragen. Das sieht verdammt nach sozialer Unverträglichkeit aus. Nach Herumlungern. Nichtstun. Faulsein.

Die anderen, jene mit Schlips und Krawatte, sind alle wichtig. Very important persons.

Kleider machen Leute. Die Beachtung auf der Straße ist ihnen sicher.

Verena Latzko, eine hübsche Blondine, die im Supermarkt um die Ecke an der Kasse arbeitet, kommt Oliver entgegen.

Sie dreht den Kopf zur Seite. Oliver fühlt sich richtig mies.

Er vermittelt nicht den Eindruck, dass er ihr etwas bieten kann. Ein besseres Leben vielleicht?

Obwohl Verena schon zwei Jahre im Supermarkt arbeitet, muss sie immer noch ihre Kollegin, Frau Kobylanski, fragen, wie man die Kassenrolle wechselt.

Mit solch einer Arbeitsleistung reicht es eben nur für das Nötigste.

Oliver schaut Verena nach. Ein Typ mit Anzug und Krawatte kommt ihr entgegen.

An ihrer Kopfhaltung kann Oliver erkennen, dass sie ihn anschaut. Der Typ freut sich, beachtet zu werden.

»So einer wäre der Richtige für mich, er würde bestimmt alles für mich tun«, denkt Verena.

Oliver mag Frauen nicht besonders, die meinen, dass es ausreicht, gut auszusehen, und der Mann deswegen alles für sie tun muss. Er wird nicht in die Verlegenheit kommen, sich entscheiden zu müssen, ob er etwas mit Verena anfangen kann oder nicht. Oliver ist seit einem Jahr auf Jobsuche. Er hat eine Lehre als Groß- und Außenhandelskaufmann absolviert. Danach konnte der Betrieb ihn nicht mehr gebrauchen. Oliver wurde abserviert.

Jetzt bekommt er Geld vom Staat.

Ein paar Hundert Euro. Zum Leben zu wenig, zum Sterben zu viel. Man hat ihm empfohlen umzuschulen. Die Stellen als Groß- und Außenhandelskaufmann sind rar. Die Aussichten auf eine neue Arbeitsstelle nicht gut.

Schade für Oliver und alle anderen, die wenig falsch gemacht haben.

VERENA bei der Arbeit

Es ist Samstag. Der Tag, an dem die Menschen am meisten Zeit haben einzukaufen.

Verena sitzt an der Kasse des Einkaufscenters und schiebt die Ware übers Band.

Ihr fällt nicht auf, dass ihre Tätigkeit relativ stupide ist. Sie denkt wenig beim Arbeiten und spult die verinnerlichten Arbeitsvorgänge routinemäßig herunter.

Verena weiß nur, dass sie mit dem, was sie macht, ihren Lebensunterhalt verdienen kann.

Die Schlange an der Kasse wird zu lang. Der Erste, der eine zweite Kasse fordert, ist ein Rentner. Die zweite Kasse wird geöffnet. Der Kunde ist König.

Der Rentner sagt, er habe seine Zeit nicht gestohlen. Er weiß nicht viel über Zeit, weil er zu den Menschen gehört, die den Spruch »Zeit ist Geld« leben. Wer so denkt, der hat das Wort »Zeit« nicht wirklich verstanden.

Plötzlich steht ein gutaussehender junger Mann vor Verena. Der schätzungsweise 17-Jährige sieht aus wie das Mitglied einer Boygroup.

Verena wird unsicher. So einer wäre ein Traum, zumindest vom Aussehen her. Verena ist gute fünf Jahre älter als dieser Junge, der wohl noch Schüler ist.

Der Junge ist nett. Keine Spur von arrogantem Imponiergehabe. Er bedankt sich bei Verena, dass sie ihn bedient hat. So etwas kommt selten vor.

Verena lächelt ihn an. Er lächelt zurück. Nach dem netten Jungen ist eine mit sich selbst unzufriedene alte Frau an der Reihe. Sie hat mitbekommen, was zwischen Verena und dem Jungen an knisternder Spannung entstanden ist. Die alte Frau kann ihren Neid auf die Jugend nicht unterdrücken, nicht kanalisieren und wird pampig.

Das Obst sehe unter aller Sau aus, keift sie. Verena bleibt ruhig. Sie weiß, dass sie kein Öl ins Feuer kippen soll. Das bringt nichts und behindert den Kundenabfertigungsabfluss nur unnötig. Als die alte Frau sich abreagiert hat, gibt sie endlich Ruhe und bezahlt.

Das Obst sieht offensichtlich frisch aus. Die alte Frau weiß, dass sie sich danebenbenommen hat. Sie verabschiedet sich freundlich von Verena. Na also, geht doch!

Beim nächsten Kunden weiß Verena nicht, was das Duschgel kostet, das er aufs Band gelegt hat, weil es dem Scannen den Dienst verweigert. Sie sieht in einiger Entfernung Frau Kobylanski stehen, die gerade Ware auffüllt. Verena brüllt quer durch den Laden. Sie muss wissen, was das Duschgel kostet. Peinlich genug, dass sie es selbst nicht ablesen kann.

Nach zwei Jahren im Supermarkt.

Zum Glück liegen keine Kondome auf dem Band. Der Typ, der vor ihr steht, sieht nicht aus wie Ingolf Lück, und Frau Kobylanski heißt mit Vornamen nicht Tina, sondern Olga.

Verena hat Pause. Mit ihrer Kollegin, Ina Maier, geht sie einmal in der Woche Mittag essen in ein Restaurant.

Ina ist schlecht drauf. Herbert, ihr Freund, mit dem sie sechs Jahre zusammen war, hat Schluss gemacht. Sie hätte ihn gerne geheiratet, weil er so ein »netter Trottel« war. Herbert hat alles für sie gemacht. Geschirr gespült, geputzt, die Wäsche gewaschen, auf dem Balkon aufgehängt, gekocht und sonntags das Frühstück ans Bett gebracht.

Nebenbei hat er noch acht Stunden auf dem Bau gearbeitet.

Jetzt ist er weg. Es hat ihm nicht genügt, mit Ina, als Belohnung für seine Mühen, ab und zu ins Bett gehen zu dürfen. Neben der Arbeit den kompletten Haushalt schmeißen und dann ein bisschen Schucki Schucki als Belohnung.

Der Aufwand, den Herbert in die Beziehung investierte, war unverhältnismäßig größer als das, was letztendlich für ihn dabei heraussprang.

Der Kellner, der vom Aussehen her Herbert ähnelt, bekommt sein Fett ab. Die Pizza schmeckt nicht. Der Wein ist zu warm. Die Rechnung zu hoch.

Als Ina ihre Show abgezogen hat, gehen die beiden wieder an ihren Arbeitsplatz zurück.

»Frauen sind manchmal wunderbar, aber die war sonderbar«, sagt Luigi, der Kellner, zu seinem Kollegen Angelo, als die beiden weg sind. Die Arbeit geht weiter, Verena.

OLIVER – Eine Erhebung

Oliver kommt vom Einkaufen in seine Wohnung zurück. Die Nahrungsmittel räumt er weg. Was in den Kühlschrank muss, das kommt in den Kühlschrank.

Der Rest ins obere Küchenschränkchen.

Anschließend legt sich Oliver ins Bett und döst vor sich hin. Er weiß, dass er im Recht ist. Mit einem guten Arbeitszeugnis entlassen zu werden ist nicht leicht zu verstehen. Da könnte man direkt verrückt werden.

»Der Staat soll ruhig zahlen, bis er schwarz wird«, denkt Oliver.

Darauf kann er sich verlassen. Verhungern muss hier keiner.

Warum sagt Oliver niemand, dass er nichts davon hat, sich ins Bett zu legen und Recht zu haben?

Muss er halt etwas anderes tun. Tausenden anderer Menschen geht es genauso wie ihm. Auch sie wurden entlassen, obwohl sie nichts dafürkonnten.

»Also mach etwas anderes!«, möchte man ihm aus der Ferne zurufen. Noch ist er nicht so weit, seinen verletzten Stolz aufgeben zu können. Er wartet darauf, dass ihm einer bescheinigt, zu Unrecht entlassen worden zu sein. Das wird niemand tun. Da kann er weitere zehn Jahre im Bett liegen und darauf warten.

Ab und zu steht Oliver auf und holt sich etwas aus dem Kühlschrank. Eine Milchschnitte und ein bisschen Eistee. Danach geht er wieder ins Bett. Nachdenken. Sich im Recht fühlen. Den anderen, die da draußen ranklotzen, die kalte Schulter zeigen. Wenn Oliver wenigstens seinen Verstand nutzen würde. Er könnte ja anfangen, Romane oder Theaterstücke zu schreiben. Dazu ist Oliver nicht in der Lage.

Muss er weiter im Bett liegen und darauf warten, dass ihn einer zum Weiterarbeiten einlädt.

Zweimal pro Woche, dienstags und donnerstags, rafft sich Oliver auf und geht Badminton spielen.

Ab und zu wird er wegen seiner nicht enden wollenden Jobsuche blöd von der Seite angemacht. Das stört ihn nicht weiter. Da steht er drüber. Die meisten, die das machen, liegen beruflich weit unter seinen Möglichkeiten. Sie sind Briefträger, Fließbandarbeiter, Elektriker ... Also Menschen, die es nie geschafft haben, in einem kaufmännischen Beruf Fuß zu fassen. Nicht einmal so lange wie er. Ach was, die hätten dort, wo er war, nicht einmal eine Lehrstelle bekommen.

Oliver ist auf einer guten Ebene vorübergehend gescheitert. Da gibt es nicht den geringsten Zweifel.

Die Tatsache, dass die anderen mit ihrer Arbeit alle ihren Lebensunterhalt verdienen und es nicht nötig haben, Geld vom Staat zu bekommen, registriert Oliver nicht. Dazu fehlt ihm der Weitblick.

Irgendwann wird es Oliver zu langweilig im Bett. Er schaltet den Fernseher an und zappt. Nachmittagsshows. Er möchte sich amüsieren, sich über die anderen erheben. Damit gehört er zur Zuschauerzielgruppe.

Eine junge Frau, ohne Schulabschluss, ohne Berufs-
ausbildung, berichtet, wie sie sich und ihre zwei Jahre
alte Tochter als Putzfrau über die Runden bringt.

Oliver lächelt. Da ist er besser dran. Er bekommt
sein Geld vom Staat, muss nicht einmal dafür arbeiten gehen. »Wer keinen Schulabschluss gemacht
und keinen Beruf gelernt hat, der muss halt den
Dreck schaffen«, denkt Oliver.

Das ist nur ein Teil der Wahrheit, Oliver. Wer das
alles gemacht hat, aber nicht bereit ist zu kämpfen,
der wird auch nicht mehr haben als die Frau, die
putzen geht.

Oliver schaltet ab. Das Ganze ist ihm zu profan.
Er schläft ein. Gute Nacht, Oliver! Träum was Schö-
nes …

VERENA hat Feierabend

Es ist Feierabend im Einkaufscenter. »Endlich Wochenende!«, denkt Verena. Sie kommt nach Hause. Haustür auf, Tasche in die Ecke, die Schuhe von den Füßen abstreifen und sich erst einmal aufs Bett fallen lassen. Ein bisschen durchatmen. Von dem ganzen Stress Abstand gewinnen.

Verena geht zum Kühlschrank und schaut, ob etwas Essbares drin ist. Sie schiebt eine Fertig-Pizza in den Backofen und isst sie mit Genuss.

Mit dem Handy ruft sie ihre Geschäftskollegin und Freundin Ina Maier an. Sie wollen am Abend gemeinsam ins Kino gehen. »Frequency« gucken. Verena steht auf Dennis Quaid, den Hauptdarsteller.

Anschließend noch in irgendeinen Tanztempel. Sich den Frust der ganzen Woche von der Seele tanzen.

Ina nimmt ab. Sie freut sich, dass Verena anruft. Jetzt, da Herbert sie verlassen hat, ist sie froh, dass sie Verena hat.

Sie ist auch solo. Ina eben wieder. Gemeinsam ist man weniger einsam. Können sie zusammen auf die Pirsch gehen und nach den männlichen Hirschen Ausschau halten.

Verena und Ina sind um 19.30 Uhr vor dem Kino von Z., ihrem Heimatort, verabredet.

»Erst einmal ordentlich duschen«, denkt Verena, einen gewissen Grundintimgeruch wieder auf Normallevel bringen. Dann geht's los mit dem Stylen.

Sie war extra noch im Kosmetikfachgeschäft, um sich einen neuen Eyeliner zu kaufen. Lidschatten, Make-up, Lippenstift. Alles dezent, damit's nicht nuttig aussieht.

Das Bauchnabelpiercing braucht keine Behandlung. Solange es nicht oxidiert und nicht aussieht wie ein billiger Ring aus dem Kaugummiautomaten, ist alles in Ordnung.

Ins kleine Handtäschchen kommen das Handy, Zigaretten, Eyeliner, Lippenstift, Labello und Kondome mit Erdbeergeschmack.

Man kann ja nie wissen, ob einer an der Angel anbeißt und ein heißer One-Night-Stand drin ist. Verena steht auf so etwas.

Bestätigung ihrer Weiblichkeit ist ihr das Wichtigste. Wenn der Typ, der mitgeht, unter Umständen auch nur ihre äußere Schale will, kommt ihr das entgegen. Viele-Typen-Haben heißt viel Beachtung. So denkt Verena. Man kann ihr keinen Vorwurf machen. Verena hat eben Chancen bei Männern. Die anderen, die nicht so denken, sind nur neidisch, weil sie nicht so viele abbekommen. Qualität und Quantität können Frauen wie Verena nicht unterscheiden. Das ist für sie so etwas wie »Le Was-ist-das«, das der Franzose erfunden hat.

Verena fährt mit ihrem Ford Fiesta zu Ina. Pickt sie auf. Weiter geht's ins Kino. Der Palast hat irgendeinen Namen. Namen sind für Verena Schall und Rauch.

Der Film ist ganz amüsant. Die Story etwas chaotisch. Aber das macht nichts. Verena ist sowieso wegen Dennis Quaid da. Sie malt sich aus, wie es wäre, mit dem einmal im Bett zu sein. Als sie an die Details denkt, passiert ihr dasselbe wie manchen Frauen, die zu einem Howard-Carpendale-Konzert gehen.

Ihr Schlüpfer wird feucht. Wenn's damit im Kino klappt. Umso besser. Wiederum andere brauchen dafür eine Überdosis California Dream Boys.

Das Kino ist aus. Ina scheint ebenfalls zufrieden zu sein. Wahrscheinlich hat sie keinen feuchten Schlüpfer bekommen. Sie steht mehr auf Typen wie Gérard Depardieu. Eine Stufe reifer und zwei Stufen weniger attraktiv.

Ina und Verena fahren zu irgendeinem Tanztempel. Auch hier ist der Name nicht wichtig. Die kleinen, aber feinen Unterschiede sind den beiden egal. Hauptsache Techno. Hauptsache tanzen. Der Türsteher lässt die beiden ohne Beanstandung rein. Sind ja auch ganz hübsche, nette Mädels, die Verena und die Ina. Ein bisschen naiv vielleicht, aber was soll's.

Solche unbekümmerten, einfach gestrickten Frauen braucht die Welt.

Wenn alle intelligent wären und fünfmal nachdenken würden, bevor sie mit einem Typen etwas anfangen und ins Bett gehen, wo kämen wir da hin?

Die Pulloverfabrikanten sind bei Rudi Carrell schon eingegangen, dann könnten auch noch die Anti-Baby-Pille- und Kondom-Fabrikanten ihren Laden dichtmachen. Verena und Ina betreten den Tanztempel. Die Räumlichkeit ist noch ziemlich menschenleer. Sie gehen erst einmal an die Bar und genehmigen sich einen Drink. Der macht locker für die bevorstehende lange Nacht. Die beiden gönnen sich einen farbigen Cocktail.

Sie prosten sich zu. Die Hühner auf der Jagd nach einem Gockel.

Mit fortschreitender Zeit wird die Disco immer voller.

Der DJ legt geile Musik auf.

Kai Tracid. Aquagen und Schiller, die es mit der Ruhe im Klostergarten und dem Glockenspiel auf dem Kirchturm haben.

Die Frauen haben beim Tanzen geniale Bewegungsabläufe drauf.

Rhythmisch, fließend, einfach toll. Verena und Ina können das auch. Die Jungs stehen außen herum und beobachten die Mädels im »Ring«.

Sie trauen sich nicht, die potenziellen Bettgenossinnen (Originalgedanke Mann) anzutanzen.

Der Erste wagt es dann doch.

Er sieht aus wie einst US-Popstar Glenn Medeiros.

Gut geformter Body, nettes, hübsches Gesicht und ein süßes Lächeln. Verena und Ina fühlen sich wohl. Das Spiel kann beginnen. Der Junge wird sich den Arsch abtanzen, um die beiden zu beeindrucken.

Er hat kein großes Talent zum Tanzen. Das haben die beiden längst bemerkt.

Also leichtes Spiel für die Mädels. Sie brauchen sich nicht groß anzustrengen, können ihre Überlegenheit ausspielen. Außerdem sind sie älter als dieser Bengel. Wird wohl gerade erst 17 geworden sein.

Nach einer Weile trauen sich die anderen Jungs auch auf die Tanzfläche.

Keiner will ein Feigling sein und dem einen Typen die ganze Show überlassen.

Verena fühlt sich wohler unter den Jungs. Ina steht mehr auf die reiferen Typen und kommt nicht so sehr auf ihre Kosten. Einer von den Jungs gefällt Verena besonders. Er sieht so süß aus wie Popstar und Schauspieler Oli P., bevor er sich einen Bart wachsen ließ, um nicht mehr ganz so schnuckelig zu wirken.

Er wirft ihr ständig Blicke zu.

Sie schaut unregelmäßig zurück. Ina fühlt sich inzwischen auch besser. Ein paar Männer reiferen Alters befinden sich auf der Tanzfläche, auf der Suche nach einem Abenteuer mit einer Jüngeren.

Irgendwann ist Ina nicht mehr zu sehen. Wahrscheinlich hat sie den Typen mit dem Schnauzer angebaggert. Sie ist mit ihm in irgendeiner Ecke verschwunden. Verena ist unterrichtet. Ina hat schon ein paar Tage zuvor angekündigt, dass Verena nicht auf sie zu warten braucht, wenn sie plötzlich nicht mehr da ist.

Verena flirtet weiter mit dem Oli-P.-Verschnitt. Ganz zufällig lässt sie ihre Zigaretten aus der Hose auf den Boden gleiten. Er fällt auf ihren Trick herein und zeigt Hilfsbereitschaft. Pluspunkt Nr. 1 auf dem langen Weg zum One-Night-Stand. Gut gemacht, Junge!

Das Spiel kann weitergehen. Verena bedankt sich. Sie kommt ihm näher. Er riecht gut. Gammon. Richtig männlich.

Er traut sich, sie zu einem Drink einzuladen. Verena nimmt die Einladung gerne an. Er redet von Dingen, die Verena überraschen. In zwei Jahren möchte er das Abitur machen und danach BWL studieren. Nach ein paar Minuten bemerkt Verena, dass er der falsche Typ für einen One-Night-Stand ist. Sollte er so intelligent sein, dann wird er es schwer verkraften, wenn sie nur mit ihm spielt. Sie möchte diesen Jungen nicht für ihre Zwecke missbrauchen. Er soll sich in eine andere verknallen und mit ihr glücklich werden. Verena ertappt sich bei dem Gedanken, dass er etwas Besseres verdient hat als sie.

Sie zappt ihn weg. Verena ist nämlich allen überlegen.

Sie sagt ihm, dass es ganz okay war, bedankt sich für den Drink und geht zurück auf die Tanzfläche. Er ist enttäuscht. Es bleibt zu hoffen, dass er nicht den Fehler macht, darüber nachzudenken, was er falsch gemacht hat. Verena hat sich selbst disqualifiziert.

Irgendwann gegen vier Uhr in der Nacht liegt Verena mit einem Typen im großen Wasserbett ihres Schlafzimmers. Ein Machotyp, Marke Sean Penn, führt seinen Karl-Friedrich ziemlich grob ein. Verena stört das nicht. Sie ist nicht besonders wählerisch. Der Oli-P.-Verschnitt hätte das bestimmt mit mehr Gefühl gemacht, Verena.

Dem Typen kommt's irgendwann. Er füllt Verena mit dem auf, was sie braucht.

Bestätigung. Wenn der nette Junge aus der Disco sehen könnte, wie armselig du bist, Verena, er würde sich wünschen, dir nie einen Drink spendiert zu haben.

OLIVER ist verletzt

Oliver steht gewöhnlich nicht vor 11 Uhr auf. Das kann er sich als Jobsuchender leisten. Dann geht er zum Bäcker. Die Bäckersfrau hat selten ein Lächeln für ihn übrig. Sie scheint keinen Spaß bei der Arbeit zu haben. Oliver kauft immer dasselbe. Fünf Brötchen und zwei Schneckennudeln.

Anschließend läuft er zur Wohnung zurück. Sich zurückziehen, sich vor der »bösen Welt« da draußen verstecken, die ihn nicht mehr haben möchte. Trotz Realschulabschluss und abgeschlossener Ausbildung zum Groß- und Außenhandelskaufmann.

Freunde hat er schon lange keine mehr. Ab und zu kommt Roland, ein alter Schulfreund, vorbei und schaut nach ihm. Roland war schon lange nicht mehr da. Er hat wohl wieder einen neuen Job als Drucker gefunden.

Oliver sitzt allein in der Gegend herum. Es gibt nicht viel zu tun.

Die Wohnung hat er schon geputzt und aufgeräumt, das Geschirr gespült.

Oliver ist traurig. Er fühlt sich verletzt.

Fang endlich an, für deine Rechte zu kämpfen, Oliver! Sonst werden sie irgendwann über dich herfallen wie die Aasgeier. Die anderen, denen es so egal ist, dass du in deiner Wohnung sitzt und verletzt bist.

VERENA fühlt sich benutzt

Es ist Sonntag. Der Typ hat sich klammheimlich aus dem Staub gemacht, nachdem er sein Ejakulat losgeworden ist. Verena wacht auf. Sie schaut auf die Uhr. Es ist bereits 12 Uhr. Sie wundert sich, dass sie so ein komisches Gefühl hat. Dann fällt ihr das mit der Bekanntschaft aus der Diskothek wieder ein.

Er hieß Rainer. An mehr kann sie sich nicht erinnern. Verena fühlt sich benutzt. Sie steht auf und versucht, sich dieses Gefühl unter der Dusche wegzuwaschen.

Klappt nicht. Die Sache mit diesem Rainer letzte Nacht war ein Reinfall hoch zehn.

Verena macht sich nach dem Duschen erst einmal einen Kaffee. Der vertreibt böse Geister. Der macht wieder fit. Schwamm drüber über den Selbstbetrug und weiter im Text. Weiter im Leben und hoffen, dass der innere Taschenrechner diesen Posten des Selbstbetrugs einmal ausnahmsweise vergisst aufzusummieren. Verena ruft Ina an. Ein Sonntag ohne sie ist unvorstellbar.

Die beiden sind auch in ihrer Freizeit unzertrennlich. Wenn das der Chef wüsste.

Er mag es nicht so, wenn seine Angestellten privaten Kontakt zueinander haben.

Ina schwärmt am Telefon von der vergangenen Nacht. Von diesem reiferen Herrn, der sie wie eine Prinzessin behandelt, auf Händen getragen hat. Das mögen die Frauen. Wenn das einer drauf hat, dann hat er schon halb gewonnen.

Ein bisschen geschwächelt habe er schon, als es richtig zur Sache ging, aber das sei nicht so schlimm gewesen. Verena weiß, dass Ina gut ist bei so was. Sie kann Schlaffis rucki, zucki dazu bringen, Königshaltung anzunehmen.

Verena erzählt nichts von ihrem Reinfall. Solche peinlichen Vorfälle müssen vertuscht werden. Verena macht das ihr ganzes Leben lang schon so. Sie hat keine andere Möglichkeit. Ina und Verena verabreden sich für den Nachmittag im Café. Etwas trinken und ein bisschen plauschen. Das machen die beiden gerne. Vor allem, wenn jemand so eine scharfe Sache erlebt hat wie Ina die Nacht zuvor. Verena muss sich schon wieder stylen. Das ewige Schicksal von Frauen, die so einiges nicht kapiert haben.

OLIVER trainiert seine Muskeln

Wenn die anderen ihn schon nicht beachten, seine Rechte mit Füßen treten, dann muss sich Oliver gegen sie körperlich immun machen. Oliver trainiert seine Muskeln zu Hause. In ein Fitnessstudio möchte er nicht gehen. Oliver hat keine Lust darauf, mit Menschen in einen Topf geworfen zu werden, die einer Welle an Vorurteilen ausgesetzt sind. Viel Muskeln, wenig Hirn und an der Cocktailbar eine Blondine, die das Wort »Shakespeare« nicht buchstabieren kann.

Er weiß, dass Vorurteile nur in den seltensten Fällen auch zutreffen. Trotzdem macht er mit. Vorurteile-Schüren macht ihm ab und an irre viel Spaß.

Oliver fängt mit dem Fitnesstraining an. Zuerst macht er ein paar Liegestütze, dann Sit-ups. Ein bisschen Gymnastik eben. Bevor er die Hanteln auspackt, setzt er sich zehn Minuten aufs Trimmrad. Strampeln. Gegen was? Gegen den Untergang?

Oliver hat zwei verschiedene Hantelsätze. Einen mit 8 kg und einen mit 4 kg »Scheibengewicht« pro Hantel. Er hat in Men's Health gelesen, dass man am Anfang nicht übertreiben soll.

Also fängt er mit den leichteren Hanteln an.

Drei Durchgänge Seitenheben zu je zwanzig Wiederholungen. Oliver spürt einen leichten Schmerz im Ellenbogen. Das macht nichts. Er trainiert weiter. Schließlich muss man sehen, dass er trainiert, und das geht nur, wenn er hart an seinem Muskelaufbau arbeitet.

Nach einer Stunde ist Oliver fertig. Jetzt hätte er Lust auf einen Milchshake. Ist aber keiner da. Lediglich eine Packung »Frische Vollmilch« steht im Kühlschrank. Er überlegt sich, was er damit anfangen kann, und hat eine gute Idee. Oliver schüttet einen Esslöffel Ovomaltine rein, und fertig ist das megageniale Kaltgetränk. Da braucht er keine vollbusige Blondine im Fitnessstudio dazu, die ihm das hinstellt. Obwohl er sich gerne attraktive Frauen anschaut.

Oliver denkt daran, dass er schon lange keinen Sex mehr gehabt hat. Dabei wird er traurig. Seine letzte Beziehung liegt bereits drei Jahre zurück. Er war über ein Jahr lang mit der Arzthelferin Sylvie zusammen, seiner absoluten Traumfrau. Irgendwann hatte sie sich in einen anderen verliebt. Er hieß Roman und war Sänger und Kopf einer extrem durchschnittlichen Rockband.

Sein Aussehen ähnelte jenem des Skid-Row-Frontmanns Sebastian Bach.

Ein Schönling eben. Da konnte Oliver nicht mehr mithalten mit seinen kurzen, gepflegten Haaren. Wenn Frauen auf das Wilde, auf das Animalische abfahren, dann hilft nichts mehr. Oliver hatte erkannt, dass Kämpfen in diesem Fall nichts brachte, und sofort den Schwanz eingezogen.

Seither klappte es mit den Mädchen nicht mehr so recht. Oliver hatte die Schnauze voll. Er fing an zu pauschalisieren. Von einer auf alle zu schließen. Alle Weiber sind doch gleich. Das war seine These.

Wenn einen diese Negativeinstellung mal gepackt hat, dann ist der Weg zum zynischen Biertrinker in einer Kneipe nicht mehr weit.

So ging's auch Oliver. Mit seinen Kumpels hing er in Kneipen herum. Jetzt sind die Kumpels weg. Seine Eltern wollen auch nicht mehr viel von ihm wissen.

Oliver hat noch zwei Brüder. Arne und Roman. Beide sind Banker, haben jeweils einen Bausparvertrag in der Tasche und sind dabei, sich ihr Traumhäuschen zu realisieren.

Sie sind verheiratet und Väter jeweils zweier Kinder. Arne hat eine Kollegin und Roman eine Physiotherapeutin geheiratet.

Da sie ständig im Stress sind, hat Oliver keinen Kontakt mehr zu ihnen. Er kommt sich vor wie Gottlieb, der Typ, dem das Pech an den Stiefeln klebt, aus einem Oli-P.-Song. Pech ist nicht zu erklären. Es ist einfach da. Gründe gibt's keine. Es ist so etwas wie »mentales Aids«. Pech macht einen bei anderen zum Aussatz, zum Leprakranken. Mit einem Typen, der Pech hat, möchten wenige ständig etwas zu tun haben. Nicht einmal, wenn Pechhaben eine Leistung, eine Aktion voraussetzt. Eine Bewerbung bei einer Firma beispielsweise.

Alle Menschen wollen erfolgreich sein. Glück haben. Die wenigsten haben das in großem Ausmaß. Dennoch stehen sie eine Stufe oberhalb desjenigen, der Pech hat. Das berechtigt sie dazu, ihn manchmal auszuschließen.

Oliver regt sich schon lange nicht mehr über diese »average people« auf. Entweder alles oder nichts. Das ist seine Devise. Im Moment hat er nichts.

VERENA geht Kaffee trinken

Verena sitzt pünktlich im Café »Biedenmänner«. Sie denkt bei diesem Namen sofort an »biedere Männer«. So etwas möchte sie auf keinen Fall für ihr Leben haben. Das wäre das Schlimmste, was ihr passieren könnte.

Ina lässt wie üblich auf sich warten. Mit fünfzehn Minuten Verspätung kommt sie im Café an. Sie hat sich in Schale geworfen. Verena sieht ihr an, dass sie letzte Nacht von einem Mann ordentlich beglückt worden sein muss.

Liebe geht durch den Magen und macht eine Frau schön. Der Typ muss gut gewesen sein.

Die beiden begrüßen sich freundlich, nahezu euphorisch. Ganz so, als hätten sie sich fünfzehn Jahre lang nicht mehr gesehen. Mit Umarmung, Küsschen links und rechts und einem Glänzen in den Augen.

Die Menschen im Café reagieren unterschiedlich auf die beiden Frauen aus dem Einzelhandelsgewerbe. Für die einen ist diese Herzlichkeit übertrieben. »Wenn sich zwei Frauen so dermaßen zu mögen scheinen, dann ist etwas faul im Staate Dänemark«, denkt der ältere Herr, der am Nachbartisch sitzt. »Wo bleiben die Rivalität, das Gezicke? Vielleicht bekomme ich das, was ich eigentlich erwarte, noch später geboten«, führt er seinen Gedankengang zu Ende und schlürft an seiner Tasse Kaffee.

Die beiden holen ihre Zigaretten aus den Handtäschchen. Verena raucht die starken Blonden aus Frankreich, Ina eine typische Frauenzigarette. Lang und leicht. Jetzt haben sie etwas gegen ihre Unsicherheit getan, mit der Kippe einen Halt gefunden. Also kann's losgehen.

Über die Erlebnisse der vergangenen Nacht sprechen sie nicht. Das können sie vor all den Leuten nicht machen.

Ina deutet dennoch an, dass sie auf ihre Kosten gekommen ist. Verena wird schon leicht zickig. Ihr bleibt nichts anderes übrig, als das Thema zu wechseln.

Der ältere Herr hatte sich schon gefreut, seine Meinung über Frauen bestätigt zu sehen. Wieder nichts. Schade. Muss er eben zum Schlammcatchen gehen, wo sich die Weiber gegenseitig fertigmachen.

Verena spricht über den Betrieb. Ina hält das am Sonntag für unangebracht. Man sieht es an ihrer Gestik. Aber sie hört zu. Verena hat Probleme mit dem Abteilungsleiter. Klar, wenn man ihr nach zwei Jahren immer noch alles dreimal erklären muss. Sie möchte einen anderen Job haben. Aber was? Sie ist schon am Minimum der beruflichen Erwartungshaltung eingestuft worden. Kann sie nur noch Putzfrau oder Prostituierte werden. Oder beides. Dann hätte sie zwei zusätzliche Einnahmequellen.

Ina sagt nichts. Ihr Arbeitsplatz ist sicher. Es hat sich nie jemand über sie beklagt. Sie braucht keine Frau Kobylanski. Ina ist selbstständig, kann quasi eigenverantwortlich arbeiten.

Verena merkt irgendwann, dass sich Ina überhaupt nicht für ihr Problem interessiert. Sie langweilt sich. Wenn man nach zwei Jahren die Kassenrolle immer noch nicht wechseln kann, dann bedarf das keiner Worte mehr.

»Dumm bleibt dumm, da helfen keine Pillen«, denkt Ina. Sie sagt es aber nicht. Ina weiß, dass sie Verena in allen Belangen überlegen ist. Verena wird nichts Großartiges im Leben bekommen. Dessen ist sich Ina sicher. Plötzlich bestellt sich Ina ein Gläschen Sekt. Verena schaut irritiert. Sonntagnachmittags hält sie das für unangebracht.

»Auch ein Gläschen, Verena?«, fragt Ina.

»Ich trinke heute keinen Alkohol«, sagt Verena.

Ina trinkt. Sie tut das genüsslich. Nahezu triumphierend. Sigmar, ihr Lover der letzten Nacht, wird bei ihr bleiben. Sie hat ihm alles geboten, wovon Männer seiner Kategorie immer träumen. Am ersten Abend sofort einen Blowjob und die ganze Nacht durchpoppen.

Wahrscheinlich wird er jetzt mit seinem Kumpel Franz durch die Gegend laufen und ihm erzählen, dass er eine willige, naturgeile Frau kennengelernt hat.

Ina kennt eben ihre Qualitäten als Frau. Verena auch. Aber sie kriegt keinen ab.

Wenn man Rainer fragte, was er zu Verenas Fähigkeiten im Bett sagt, dann würde er antworten, dass er alles selbst machen musste. Musst du eben Fellatio lernen, Verena, und falsch stöhnen, dass der Typ meint, du wärst ohne Abstriche begeistert davon, was er mit seinem Karl-Friedrich anstellt. Nach einem Gespräch, das sich an Belanglosigkeiten kaum noch überbieten lässt, verlassen die beiden das Café. Ina geht noch zu Sigmar. Verena muss nach Hause, Geschirr spülen. Für Ina macht das bald Sigmar. Man muss so etwas als Frau eben geschickt einfädeln.

Einmal mit dem hübschen Hintern wackeln kann da schon sehr hilfreich sein.

Lern endlich deine Lektion, Verena! Sonst endest du als Mauerblümchen im Vorgarten eines Nonnenklosters.

OLIVER möchte auswandern

Olivers Gedankenwelt wird in letzter Zeit immer häufiger aktiv. Er möchte gerne weg. Raus aus dem Chaos. Seine Situation verbessern.

Er denkt daran, Deutschland zu verlassen, um in Frankreich sein Glück zu versuchen. Oliver möchte nach Paris. Dort das Savoir Vivre kennenlernen.

Sein Französisch ist nicht so gut, würde man sagen, wenn man ihm schmeichelte. Oliver hat niemals Französisch gelernt. Das ist die Wahrheit.

Dennoch möchte er gerne nach Frankreich. Seinem Lieblingssong »Flieg, junger Adler, hinaus in die Freiheit« von Tom Astor Folge leisten.

Oliver hat sich einen Plan zurechtgelegt, wie er sein Ziel erreichen könnte. Zuerst einen VHS-Kurs machen, danach in der Buchhandlung an der Ecke einen guten Reiseführer kaufen und sich zu guter Letzt ein einfaches Flugticket besorgen.

Eigentlich ein simpler Drei-Schritte-Plan zu seinem neuen Glück, der für Oliver kein großes Problem sein dürfte. Wenn da nicht seine Faulheit wäre. Ein VHS-Kurs ist ihm zu stressig, der Besuch in einer Buchhandlung zu ungewöhnlich, und um ein Flugticket zu organisieren, müsste er auf die Bank und Geld holen.

Oliver verabschiedet sich vorübergehend von seinem Plan, wirft die Flinte ins Korn.

Seine Idee war nicht mehr als ein Börsenspiel in der Schule. Sie hatte mit der Realität wenig zu tun.

Muss Oliver eben in Good Old Germany bleiben und eine Stelle als Groß- und Außenhandelskaufmann suchen. Oder umschulen.

Mit dem Abhauen ist nichts. Oliver muss seine Probleme erst einmal im Kleinen lösen, um dann die großen Dinge angehen zu können.

Konkret werden kann man nur, wenn die Möglichkeit besteht, aber nicht, wenn man vor etwas davonläuft.

VERENA und WOLFGANG

Teil 1

Es ist Montagmorgen. Verena steht auf einer Stufe der Treppe, die zum Verkaufsraum führt. »Wieder liegt ein Arbeitstag vor mir«, denkt Verena.

Verena muss da durch. Es bleibt ihr gar keine andere Wahl. Runter an die Kasse zu den anderen Unzufriedenen. Verena stutzt, als sie plötzlich einen hübschen Jungen im Arbeitsmantel mit dem Firmenlogo sieht. Der wird ihr zwar nie einen Nerzmantel kaufen können.

Aber süß ist er schon. Sieht fast so aus wie jener aus der Disco.

»Na warte!«, denkt Verena. »Bei dem werde ich mein Glück versuchen.« Das Schicksal ist in diesem Moment ungerecht. Es hat sich entschieden, Verena, die mit süßen Jungs gerne spielt, nach dem Reinfall mit Rainer eine zweite Chance zu geben.

Verena geht auf den Neuen zu.

»Ich bin die Verena. Und wie heißt du?«

»Wolfgang«, sagt er etwas schüchtern.

»Wolfgang, wie poetisch!«, sagt Verena.

Das Einzige, was sie sich im Deutschunterricht merken konnte, war Goethes Vorname. Verena spielt mal wieder Überlegensein. Das machen manche Frauen gerne, wenn sie eigentlich unterlegen sind. Was Verena nicht weiß, ist die Tatsache, dass Wolfgang Politik studiert und nur ein paar Wochen aushilft.

»Na, dann auf gute Zusammenarbeit, Wolfgang!«, sagt sie und bewegt ihren Hintern zur Kasse.

Wolfgang schaut ihr hinterher. Er steht auf Frauen wie Verena nicht besonders. Ihren Po findet Wolfgang allerdings genial. Bevor er sich weiter in erotische Phantasiewelten vertiefen kann, steht der Marktleiter vor ihm. Es riecht verdammt nach Arbeit.

Verena fertigt die ersten Kunden ab. Heute ist kein Lächeln drin. Nicht einmal für süße Jungs. Die Verletzung von Samstagnacht sitzt tief. Verena hat daran zu knabbern.

Die Werbestimme würde ihr wahrscheinlich eine Tüte Paprikachips aus dem Regal empfehlen.

Sie regt weiterhin Kunden zum Kaufen an. Große Tüte Gummibärchen. Heute im Angebot.

Neunundneunzig Cent. Besonders günstig.

OLIVER rächt sich

Draußen ist es regnerisch und windig. Die vereinzelten Regentropfen verdichten sich und peitschen gegen die Fensterscheiben. Oliver sitzt in seiner Wohnung. Ohne Aufgabe. Ohne Hoffnung. Die Gedanken holen ihn ein.

Er beschließt rauszugehen. Mit seinem Regenschirm läuft er durch die Straßen, vorbei an den Schaufenstern. Oliver schaut sich Dinge an, die er sich nicht leisten kann. Teure Fahrräder, schicke Anzüge und Biofeinkost.

Oliver hat sich in Schale geworfen. Er trägt den Anzug, den ihm seine Eltern zum Berufsantritt spendiert hatten. Die Frauen schauen ihm nach. Er fühlt sich für einen Moment gut. Die schwere Last, die Wahrheit zu wissen, erdrückt ihn fast. Die ständige Angst, die anderen könnten dahinterkommen, dass er ohne Job ist, kann er nicht von sich wegschieben. Angst als ständiger Begleiter.

Vielleicht sollte er einen Selbsthilfekurs besuchen, anstatt sich einzubilden, durch den Besuch eines VHS-Kurses in ein paar Wochen Französisch zu lernen.

Oliver geht, wo er schon einmal in der Stadt ist, in die Buchhandlung an der Ecke. Sich von Träumen endgültig zu verabschieden war noch nie sein Ding gewesen. Also springt er über seinen Schatten und fragt die nette, hilfsbereite Buchhändlerin, welchen Paris-Reiseführer sie ihm empfehlen könne. Die obligatorische Frage, ob er eine Kurzreise plane oder länger zu bleiben gedenkt, schließt sich an.

Oliver sagt, dass er ein ganzes Jahr dort bleibt, weil er ein Stipendium anzutreten hat. Fragt sich nur, in welchem Fach. Im Lügen, Oliver?

Der Buchhändlerin ist es völlig egal, ob es stimmt, was Oliver sagt. Wenn er wüsste, wie gleichgültig es ihr ist, dann hätte er die Sache mit dem Stipendium erst gar nicht erwähnt. Sie hat sowieso einen Freund, der bei der NASA arbeitet, dort Raumschiffe entwickelt und ordentlich Kohle verdient.

Sie empfiehlt ihm einen speziellen Reiseführer Paris. Der sei ausführlich und gut. Das Preis-Leistungs-Verhältnis stimme. Oliver nimmt den Reiseführer nicht mit. Er müsse sich das nochmals überlegen. Eigentlich gibt's da nicht viel zu überlegen. Er kann nicht nach Frankreich, weil ihm zwei Dinge fehlen. Geld und Sprachkenntnisse. Basta.

Als er um die Ecke biegt, wird er von seinem ehemaligen Chef Reinhard Koch erkannt.

»Na, Oliver, hast du eine neue Arbeitsstelle gefunden?«, fragt Koch.

Oliver ist für einen Moment stark. Er macht einen großen Bogen um ihn.

Reinhard Koch läuft Oliver nach. So lässt er sich in der Öffentlichkeit nicht bloßstellen. Immerhin haben seinen Versuch, mit Oliver ins Gespräch zu kommen, einige Menschen mitbekommen. Eine schwerhörige Oma, ein Kind und ein Hund. Vor denen kann es sich Reinhard Koch nicht leisten als Verlierer dazustehen. Er, der große Chef des Unternehmens Koch & Söhne.

Koch holt Oliver ein und versucht nochmals, mit ihm ins Gespräch zu kommen. Er habe ihm doch nichts getan, und für betrieblich notwendige Entscheidungen könne er nichts. Oliver läuft weiter. Beachtet ihn nicht. Koch ist unnachgiebig. Lässt sich nicht abspeisen. Oliver schiebt ihn zur Seite. Koch rutscht aus und fällt unglücklich auf die Nase.

Sie blutet.

»Das hat noch ein Nachspiel!«, brüllt er.

Koch ist wirklich bloßgestellt. Wie aus dem Nichts stehen plötzlich viele Menschen um ihn herum. Hätte er es nur beim Versuch belassen, Oliver anzusprechen! Manche Chefs sind kleine Wadenbeißer, nie bereit, eine Niederlage einzustecken. So sind sie zum Chef geworden. Der Erfolg gibt ihnen recht.

So etwas juckt Oliver nicht, kann ihn nicht beeindrucken.

Oliver weiß genau, dass er seine Selbstlügen erst gar nicht hätte erfinden müssen, wenn sie ihn im Betrieb übernommen hätten.

Auf das Nachspiel freut er sich jetzt schon. Oliver weiß, dass Koch nichts machen wird.

Zurück in seinen vier Wänden, fühlt sich Oliver wieder sicher. Da muss er es nicht mehr ertragen, was die anderen draußen veranstalten.

Olivers Einsamkeit erreicht ein unerträgliches Ausmaß. Wenn er wenigstens Dramaturg wäre, dann könnte er sie künstlerisch erklären. Sich in diesem Scheißgefühl auch noch ordentlich suhlen. So geht das nicht weiter. Oliver denkt zum ersten Mal daran, sich heimlich, still und leise aus dem Leben zu stehlen.

Niemand würde es bemerken. Keiner würde ihn vermissen. Wirklich keiner, Oliver?

VERENA und WOLFGANG

Teil 2

Verena sitzt an der Kasse. Es ist nichts los. Entspannungsphase ist angesagt. Noch eine Stunde, dann ist Mittagspause. Aus ihrem Blickwinkel sieht sie Wolfgang. Er steht am Regal und räumt Ware ein.

»Der hat aber mal einen prallen Po«, denkt Verena. Den würde sie gerne einmal anfassen oder gleich reinbeißen. Wie die Zahnarztfrau in den Apfel, wenn sie testen muss, ob sie kein Zahnfleischbluten hat.

So einen knackigen Männerarsch hat nämlich nicht jeder zu bieten. Das weiß Verena ganz genau. Da hat sie schon andere Typen mit unästhetischen Fleischbergen am Hintern im Bett gehabt.

»Wolfgang?«, schreit sie.

»Scheiße!«, denkt Wolfgang. »Was will denn die von mir?«

»Ja. Was ist?«

»Würdest du so nett sein und mir aus dem Büro eine neue Kassenrolle holen?«

»Das kann sie doch selbst tun«, denkt Wolfgang. Weit und breit ist kein Kunde in Sicht. Um keine Schwierigkeiten zu bekommen, macht er, was von ihm verlangt wird. Selbst wenn es Verena sagt, die im Betrieb nichts zu sagen hat.

Wolfgang holt eine neue Kassenrolle und legt sie ihr auf den Tisch.

»Bitte schön«, sagt er und möchte sich entfernen.

»Warte mal, Wolfgang, ich möchte sehen, ob du in der Lage bist, das Ding in die Kasse reinzumachen!«, sagt sie und fabriziert eine Kaugummiblase.

»Wenigstens pflegt der die Zähne«, denkt Wolfgang und macht sich an die Aufgabe.

»Kein Problem, das haben wir gleich.«

Nach zehn Sekunden ist die Kassenrolle drin. Verena verzieht das Gesicht. Sie fühlt sich klein und mies. Seit zwei Jahren versucht sie erfolglos, das Ding wenigstens einmal richtig reinzukriegen, und dann kommt da so ein Aushilfsbursche und schafft das ohne Übung auf Anhieb.

»Sauber, Burschi«, sagt sie, um ihre Erbärmlichkeit zu vertuschen.

»Ich heiße Wolfgang. Wolfgang Sieber«, sagt Wolfgang.

Er geht an seine Arbeit vor dem Regal zurück. Verena hat verloren. Wieder einmal. Sie hat diesen Wolfgang unterschätzt. Spielen kann sie mit dem nicht. So viel ist sicher.

Mittagspause. Verena schaut, ob noch etwas in ihrer Zigarettenschachtel drin ist. In der Regel raucht sie zehn Stück in der Mittagspause, die sie stets eigenverantwortlich um fünf Minuten verlängert. Sie hatte in der Schule den Satz des Lehrers, dass die Pause nicht so lange dauere wie die Länge der Zigarette, sondern bis der Gong die Pause beende, grundsätzlich ignoriert.

Elf Zigaretten sind noch im Päckchen. Gerade die richtige Anzahl für 65 Minuten Mittagspause. Wolfgang sitzt auch im Pausenraum und isst Trauben.

»Scheint einer zu sein, der sich gesund ernährt«, denkt Verena.

Sie raucht mit Ina zusammen die Bude voll. Wolfgang verzieht das Gesicht. Trauben mit Nikotinzusatz. Da hätte er sie vorher nicht zu waschen brauchen, um die Schutzmittelschicht des »Öchslegiftmischers« wegzubekommen.

Die Damen reden über neue Modetrends und Handytarife. Wolfgang dachte bisher, es handle sich um Vorurteile, dass manche Frauen des Einzelhandels einfach strukturiert sind. Modetrends und Handys sind nun wirklich keine Themen, die Wolfgang als Studenten vom Hocker reißen oder ihn dazu veranlassen, sich am Gespräch zu beteiligen. Wenn er das tun würde, dann könnte er nicht verhindern, dass sein Gesprächsbeitrag etwas überheblich ausfiele.

Er isst lieber weiter seine Trauben und liest in einem Studentenlehrbuch. Irgendwann ist der Raum so von Rauch erfüllt, dass er die beiden Damen nur noch schemenhaft sieht. Es ist 13 Uhr. Wolfgang steht auf und geht weiterarbeiten. Er möchte pünktlich sein. Verena und Ina haben noch eine Dreiviertel-Zigarettenlänge vor sich und rauchen weiter.

»Ich werde später ein besseres Leben haben, weil ich pünktlich bin«, denkt Wolfgang. Langsam, Wolfgang! Du wirst ein anderes Leben haben. Ob es besser sein wird, das sei dahingestellt.

Am Nachmittag geht das Spiel weiter. Verena möchte nach wie vor ihre Grenzen austesten, obwohl sie schon an dieselbigen gestoßen ist.

Die Kunden bleiben aus. Bei Regen kein Wunder. Opa wird sich seinen Salatkopf übers Internet bestellen und Oma die Zwiebeln für den gleichnamigen Kuchen bei der Nachbarin borgen.

Wolfgang räumt weiterhin ein. Montags kommt immer sehr viel Ware. Als er in der Nähe der Kasse zu tun hat, wird Verena wieder aktiv. Jetzt spielt sie ihr ganzes nicht vorhandenes Potenzial aus.

»Hast du eine Freundin, Wolfgang? Eine richtige, meine ich, nicht so eine platonische, wie sie in deinen Büchern steht?«

»Das geht dich nichts an, Verena«, sagt Wolfgang und arbeitet weiter.

Verena hat schon längst verloren. Aber sie gibt nicht auf.

»Hat sie dir schon einmal einen geblasen? Weißt du, ihn so richtig in den Mund genommen?«

Verena ist unter der Gürtellinie angelangt.

»Das hättest du wohl gern. Aber ich stehe nicht zur Verfügung.«

Verena wird zuerst wütend, dann ausfällig. Sie droht Wolfgang, ihn beim Chef reinzureiten, wenn er sein Verhalten ihr gegenüber nicht ändere.

»Das kannst du tun, Verena, aber vorher würde ich noch lernen, wie man eine Kassenrolle wechselt. Und noch was: Ich arbeite hier nur ein paar Wochen, du dein ganzes Leben.«

Verena ist tot. Wolfgang hat sie zum Frühstück verspeist.

VERENA wird für einen Moment selbstkritisch

Der letzte Arbeitstag der Woche ist wieder rum. Einer von den vielen, die noch folgen werden. Verena liegt enttäuscht auf dem Sofa in ihrer Wohnung. Alles ist wie immer. Die Arbeit ist heruntergespult. Jetzt ein bisschen Ruhe finden. Das wäre wichtig.

Verena findet aber keine. Sie muss an Wolfgang denken. Er ist schon ein ganz Süßer. Ist nicht auf ihre blöde, ungeschickte Anmache hereingefallen. »Ich kann's nicht besser«, denkt sie. Verena wird selbstkritisch. Zappt den Gedanken weg. »Ich bin großartig.« Nächster Gedanke.

»Der soll ruhig irgendwann so eine Studentin heiraten. So eine wahnsinnig gebildete Tussi. Dann können sie von morgens bis abends diskutieren, wie die Welt funktioniert.« Verenas Enttäuschung steigert sich. Tränen kullern ihr über die Wangen. Hier in ihrer Wohnung, wo sie keiner sieht, kann sie sich die leisten.

Nächste Woche wird sie Wolfgang netter behandeln. Sich mächtig ins Zeug legen. Aber sie weiß, dass ein intelligenter junger Mann wie Wolfgang nicht vergessen wird, was sie ihn gefragt hat. Ob ihm eine schon einmal einen geblasen hat. Als ob's darauf ankäme. Verena denkt zwar, dass das furchtbar wichtig ist, es einem Jungen mit dem Mund zu machen. Wenn sie ehrlich ist, dann hätte sie jetzt lieber einen zum Knutschen neben sich liegen.

Sie weiß, dass sie auf Dauer keine Liebe geben kann. So einen, der viel Zärtlichkeit braucht, hält sie nicht lange aus. Verena trägt noch nicht genügend Liebe in sich. Kim Frank von Echt hat sein Lied auch für sie gesungen.

Wie lernt man zu lieben? Kann man da einen Crashkurs oder so etwas Ähnliches machen?

Verena ist kurz vor dem Verzweifeln.

Ein bisschen Fernsehen zum Ablenken kann nicht schaden. Sie hat eine ganze Woche lang »Gute Zeiten, schlechte Zeiten« verpasst. Aber Verena war clever. Sie hat das Ganze auf Video aufgezeichnet.

Sie schaltet den Fernseher ein, aktiviert das Videogerät. Verena freut sich auf diese Daily Soap. Da wird alles gezeigt, was sie vielleicht nie haben wird. Hübsche, gut gebaute, intelligente Jungs, die hochmodern eingerichtete Traumwohnungen haben.

Verena möchte unbedingt einen haben, der etwas im Kopf hat. So einer kann ihr ein gutes Leben bieten. Mit einem »Loser« alt werden, das ist nicht ihr Ding. In irgendeiner »verlotterten Bude« hocken mit zwei Kindern, die »Mami!« schreien? Dann schon lieber in einem Traumhaus wohnen mit zwei Kindern, die »Mami!« schreien. Das ist angenehmer.

Nachdem sie fünf Folgen von GZSZ am Stück gesehen hat, geht Verena zum Kühlschrank und holt sich ein Glas Gurken heraus. Ihr ist danach. Sie wird doch nicht schwanger sein?

OLIVER kann nicht schlafen

Oliver liegt im Bett und möchte gern schlafen. Es geht nicht. Die Gedanken kreisen umher. Wenn er es schaffen würde, diese Gedanken sein zu lassen und nach vorn zu schauen. Etwas Neues anzupacken. Eine abgeschlossene Lehre ist doch ein guter Anfang.

Oliver versucht, locker zu bleiben. Sich ganz zu entspannen. Irgendwann gegen Mitternacht schafft er es. Der gute alte Kuli, Gott hab ihn selig, kann ihn nicht mehr schlafen schicken.

»Einer wird gewinnen« wäre dennoch ein gutes Motto für Oliver. Vielleicht sollte er ergänzend »You win again« von den Bee Gees hören. Zehnmal. Hundertmal. Tausendmal. So lange, bis er sich nicht mehr schlecht und klein fühlt.

Gegen zwei Uhr erwacht Oliver aus einem fürchterlichen Alptraum. Calmund hat ihn durchs Büro gehetzt. Oliver muss da irgendetwas verwechselt haben.

Calmund hat zwar auch Groß- und Außenhandelskaufmann gelernt, war aber Manager mit Herz und Verstand von Bayer Leverkusen und nicht sein Exchef.

Oliver denkt, dass die Nacht vorbei ist. Der Wecker zeigt erst zwei Uhr an. Oliver ist beruhigt. Der nächste Morgen muss noch warten, bis er ihn wieder in den Bann des Bösen zieht. Oliver würde ihm am liebsten einen Buffy verpassen.

Gegen drei Uhr schläft er wieder ein. Auf den Alptraum folgt ein ziemlich angenehmer Traum. Er macht Liebe mit einer schönen Brünetten. Am Baum einer Waldlichtung.

Gute Nacht, Oliver …

ZWEI JAHRE SPÄTER

Oliver arbeitet wieder als Groß- und Außenhandelskaufmann. Sein neuer Chef weiß seine Qualitäten zu schätzen. Oliver ist mit Lena liiert. Ebenfalls Groß- und Außenhandelskauffrau.

Verena hat den Arbeitsplatz gewechselt und sich von Ina getrennt. Kassenrollen-Wechseln ist inzwischen kein Problem mehr. Verena hat sich verändert. Sie ist mit einem süßen Jungen zusammen und hat ihr Glück gefunden. Gründe für die Veränderungen liegen in der persönlichen Weiterentwicklung von Oliver und Verena.

Wie sie das angestellt haben, das wollten sie nicht erzählen.

»Jeder ist seines eigenen Glückes Schmied.« Das war das einzige Statement, das ihnen, getrennt voneinander befragt, zu entlocken war.